Historias de miedo 2

Relatos espeluznantes para no dejarte dormir

PUNTO

DE ENCUENTRO

Recogidas del folclore norteamericano por

Alvin Schwartz

Ilustrado por Stephen Gammell

Historias
de miedo
2

Relatos espeluznantes para no dejarte dormir

EVEREST

Dirección Editorial: Raquel López Varela
Coordinación Editorial: Ana María García Alonso
Maquetación: Cristina A. Rejas Manzanera

Título Original: *More Scary Stories to Tell in the Dark*
Traducción: Alberto Jiménez Rioja
Diseño de cubierta: Jesús Cruz

Text copyright © 1984 by Alvin Schwartz
Illustrations copyright © 1984 by Stephen Gammell
© EDITORIAL EVEREST, S. A.
Carretera León-La Coruña, km 5 - LEÓN
ISBN: 84-241-8663-X
Depósito legal: LE. 932-2003
Printed in Spain - Impreso en España

EDITORIAL EVERGRÁFICAS, S. L.
Carretera León-La Coruña, km 5
LEÓN (España)
www.everest.es

"Algo me pasa" y "La cama junto a la ventana" son adaptaciones de dos historias sin título per-
tenecientes a *Try and Stop Me*, pp. 275-76 y 288-89, de Bennett Cerf. © 1944 by Bennett Cerf, re-
visado © 1971 by Mrs. Bennett Cerf, Christopher Cerf y Jonathan Cerf. Reimpreso con permiso de
Simon & Schuster, Inc.
"Un gato en la bolsa de la compra" es una adaptación de los textos de *The Vanishing Hitchhiker: American Urban Legends and Their Meanings*, pp. 108-109, de Jan Harold Brunvand, con permiso de W. W. Norton & Company, Inc. © 1981 by Jan Harold Brunvand.

A Lauren

AGRADECIMIENTOS

Doy las gracias a los chicos y chicas que han compartido conmigo sus historias de miedo y me han sugerido los cuentos que les gustaría ver en esta clase de colecciones.

También doy las gracias, por su generosa ayuda, a las siguientes personas e instituciones:

Los bibliotecarios y el personal de la biblioteca de la Universidad de Maine (Orono), la Universidad de Pensilvania, la Universidad de Princeton y la Biblioteca Pública de Princeton, New Jersey. Al profesor Edward D. Ives de la Universidad de Maine y al profesor Kenneth Goldstein de la Universidad de Pensilvania. A mis editores, Nina Ignatowicz y Robert O. Warren. Y, por último, a mi esposa y colaboradora, Barbara Carmer Schwartz.

A. S.

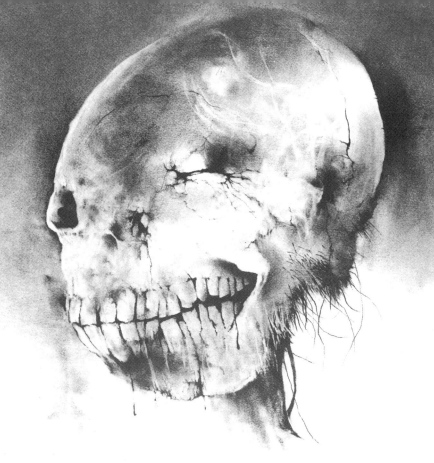

¡Jú-Jás!

Estas historias de miedo te conducirán por caminos extraños y aterradores donde la oscuridad, la niebla, la bruma, el grito de una persona o el aullido de un perro transforman lugares ordinarios en parajes de pesadilla, donde nada es lo que parece y sólo cabe lo inesperado.

La gente lleva contando historias de miedo desde tiempo inmemorial. Desde siempre se han contado cuentos de criaturas sobrenaturales, que daban miedo porque se creía que podían hacer daño: el coco, monstruos, el hombre del saco, demonios, fantasmas y espíritus maléficos que acechan en la oscuridad y que esperan una oportunidad para atacar.

Todavía contamos historias sobre criaturas que tememos, pero no todas tratan de cocos y demonios. Hay bastantes protagonizadas por personas vivas. Aquí encontrarás algunas: un carnicero gordo y jovial, una agradable muchacha que toca un tambor, un vecino y otras personas de quienes lo menos que se puede decir es que no son de fiar.

Este tipo de historias de miedo suelen tener un propósito serio: el de advertir a los jóvenes de los peligros que les esperan cuando salgan al mundo de los adultos.

Pero la mayoría de nosotros contamos historias de miedo para divertirnos. Apagamos las luces o dejamos sólo una vela encendida, nos sentamos cerca unos de otros y contamos la historia más terrorífica que sabemos. Con frecuencia estos relatos, algunos de más de cien años, se han transmitido de generación en generación.

Si una historia es lo suficientemente aterradora, se te pone la carne de gallina; sientes escalofríos, temblores y ganas de gritar, imaginas que ves y oyes cosas; contienes la respiración hasta que llegas al final. Si sucede algo inesperado, todo el mundo ¡SOPLA! o ¡SALTA! o ¡GRITA!

En Estados Unidos a estas sensaciones terroríficas algunos las llaman los "heebee jeebies" (repeluses) o los "screaming meemies" (aulladores). El poeta T. S. Eliot los llama los "hoo-ha's" (jú-jás).

Te recomiendo que leas las historias de este libro cuando te sientas con ánimo y antes del anochecer. Después, cuando la luna esté en lo alto, cuéntaselas a tus amigos o a tu familia. Probablemente les darás unos buenos "jú-jás", es decir, unos buenos sustos, pero se divertirán y tú también.

Princeton, New Jersey

Alvin Schwartz

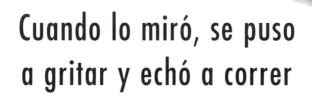

Cuando lo miró, se puso a gritar y echó a correr

Este capítulo está lleno de historias de fantasmas. En una de ellas, un hombre acaba de convertirse en espectro y todavía no lo sabe.

En otra, un barco pirata y su tripulación regresan de una tumba marina. Y hay, además, otros sucesos aterradores.

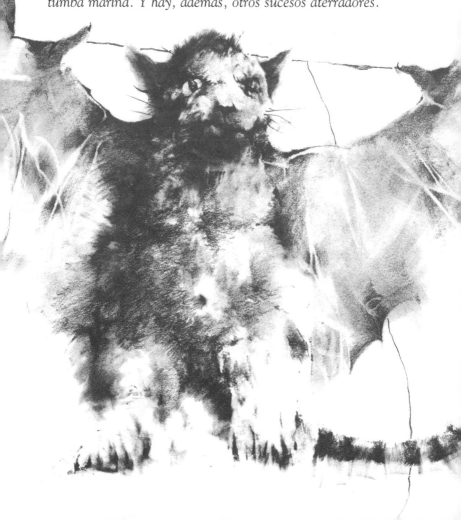

Algo me pasa

Una mañana, John Sullivan se encontró caminando por una calle del centro de la ciudad. No podía explicarse qué estaba haciendo allí, ni cómo había llegado, ni dónde había estado antes; ni siquiera sabía qué hora era.

Vio a una mujer caminando hacia él y la detuvo.

—Me temo que he olvidado el reloj —dijo él, y sonrió—. ¿Puede decirme qué hora es?

Cuando ella lo miró, se puso a gritar y echó a correr.

En ese momento John Sullivan se dio cuenta de que otras personas le tenían miedo: cuando lo veían acercarse, se pegaban contra las fachadas de los edificios o cruzaban la calle a toda prisa para apartarse de su camino.

"Debe pasarme algo", pensó. "Más vale que me vaya a casa".

Llamó un taxi, pero el conductor le echó una ojeada y aceleró.

John Sullivan no entendía bien qué estaba ocurriendo y eso le atemorizaba.

"Quizá pueda venir a buscarme alguien de casa", pensó. Encontró un teléfono y llamó a su esposa, pero le contestó una voz desconocida.

—¿Está la señora Sullivan? —preguntó.

—No, está en un funeral —dijo la voz—. Ayer hubo un accidente en una calle del centro y su esposo, el señor Sullivan, murió en él.

El accidente

Fred y Jeanne estudiaban en el mismo instituto, pero no se conocieron hasta el día del baile de Navidad. Fred había ido solo, lo mismo que Jeanne. Fred pensó, nada más verla, que Jeanne era una de las chicas más bonitas que había visto en su vida. Pasaron la mayor parte de la velada bailando.

A las once en punto, Jeanne dijo:

—Tengo que irme ya. ¿Puedes llevarme a casa?

—Claro —dijo él—, yo también tengo que irme.

—Tuve un accidente con el coche al venir hacia aquí: lo empotré contra un árbol —dijo Jeanne—. Creo que iba distraída.

Fred la llevó al principio de Brady Road, un camino que no conocía mucho.

—¿Por qué no me dejas aquí? —dijo Jeanne—. Más arriba el camino está en muy malas condiciones. Puedo ir andando desde aquí.

Fred paró el coche y le tendió una guirnalda.

—Toma —dijo—, la he cogido en el baile.

—Gracias —dijo ella—, me la pondré en el pelo.

Así lo hizo.

—¿Te gustaría salir alguna vez, a ver una película o algo? —preguntó Fred.

—Claro, me encantará —contestó Jeanne.

Mientras conducía de vuelta a casa, Fred se dio cuenta de que no sabía ni el apellido de Jeanne ni su número de teléfono.

"Voy a volver", pensó. "La carretera no puede estar tan mal".

Condujo lentamente por Brady Road, entre bosques impenetrables, y no encontró ni rastro de Jeanne. Al girar en una curva vio que, un poco más adelante, había habido un accidente de automóvil. Un coche había chocado contra un árbol y se había incendiado. Todavía salía humo.

Cuando Fred llegó al coche pudo ver a una persona atrapada en su interior, incrustada contra la barra de dirección. Era Jeanne. En sus cabellos llevaba la guirnalda que le había acabado de dar.

Un domingo de mañana

Los domingos por la mañana, Ida asistía al servicio religioso de las siete en punto. Por lo general oía repicar las campanas de la iglesia mientras desayunaba, pero esa mañana aún estaba en la cama cuando sonaron.

"Eso significa que llego tarde", pensó.

Saltó de la cama, se vistió rápidamente y se marchó sin comer nada ni mirar al reloj.

Fuera todavía era de noche, pero eso era lo normal en esa época del año. Ida era la única persona que había en la calle. No se oía más ruido que el taconeo de sus zapatos sobre el pavimento.

"Ya deben de estar todos en la iglesia", pensó. Atajó por el cementerio y al llegar a la iglesia entró silenciosamente y se sentó. El servicio había comenzado.

Cuando recuperó el aliento, Ida miró a su alrededor. La iglesia estaba llena de gente que no había visto nunca, pero la mujer que estaba a su lado le resultaba familiar. Ida sonrió. "Es Josephine", pensó. "¡Pero si está muerta! Murió hace un mes". Ida se sintió descompuesta.

Miro a su alrededor otra vez, y a medida que sus ojos iban adaptándose a la débil iluminación, Ida vio algunos esqueletos con trajes y vestidos. "Es un servicio religioso para los muertos", pensó. "Aquí están todos muertos menos yo".

Ida se dio cuenta de que algunos esqueletos la miraban fijamente. Parecían irritados, como si pensaran que no tenía por qué estar allí. Josephine se inclinó hacia ella y le susurró:

—Si en algo aprecias tu vida, márchate tan pronto termine la bendición.

Cuando el servicio acabó, el pastor les dio su bendición:

—Que el Señor os bendiga y os guarde —dijo—. Que el Señor os muestre su brillante faz...

Ida agarró su abrigo y se dirigió rápidamente hacia la puerta. Al oír pisadas, miró hacia atrás. Algunos muertos se dirigían hacia ella mientras otros se levantaban para acercarse también.

—Que el Señor eleve su semblante ante vosotros... —continuaba el pastor.

Ida estaba tan aterrada que echó a correr. Salió de la iglesia corriendo, con un hatajo de aullantes fantasmas pisándole los talones.

—¡Fuera de aquí! —gritó uno.

Otro vociferó:

—¡Aquí no eres bien recibida! —y le arrancó el abrigo. Mientras corría por el cementerio, un tercero le arrebató el sombrero de la cabeza y agitando el brazo ante ella gritó:

—¡No se te ocurra volver nunca más!

Cuando Ida llegó a la calle, había salido el sol y los muertos habían desaparecido.

"¿Ha ocurrido esto de verdad?", se preguntó Ida, "¿o ha sido un sueño?".

Por la tarde un amigo le llevó el abrigo y el sombrero, o lo que quedaba de ellos. Los había encontrado en el cementerio, hechos jirones.

Ruidos

La casa estaba cerca de la playa. Era una construcción grande y vieja donde no había vivido nadie durante años. De vez en cuando alguien forzaba una ventana o una puerta y pasaba allí la noche, pero nunca se quedaba más tiempo.

Tres pescadores a los que había sorprendido una tormenta se refugiaron una noche en ella. Con un poco de leña seca que encontraron dentro hicieron un fuego en la chimenea. Se tumbaron en el suelo y trataron de dormir, pero ninguno pudo pegar ojo aquella noche.

Primero oyeron pasos en el piso de arriba. Parecía que hubiera varias personas moviéndose incesantemente de acá para allá. Cuando uno de los pescadores gritó "¿quién está ahí?", los pasos cesaron.

Entonces escucharon un grito de mujer. El grito se transformó en un gemido y dejó de oírse. En la habitación donde los pescadores se acurrucaban empezó a manar sangre del techo; enseguida aparecieron charcos en el suelo que empaparon la madera.

En el piso de arriba la puerta se cerró de un portazo y la mujer volvió a gritar:

—¡A mí no! —parecía que estuviera corriendo. Desde abajo se oía el golpeteo de sus altos tacones.

—¡Te agarraré! —vociferó un hombre, y el techo vibró como si la hubiera atrapado.

Luego, silencio. No se oyó ningún ruido hasta que el hombre que había gritado comenzó a reírse. La casa se llenó de prolongadas y espantosas carcajadas que continuaron y continuaron hasta que los pescadores pensaron que iban a volverse locos.

Cuando por fin cesaron las risas, los pescadores oyeron a alguien bajar por las escaleras: arrastraba algo pesado que golpeaba en cada escalón. Le oyeron arrastrarlo por el vestíbulo y sacarlo por la puerta de entrada. La puerta se abrió y después se cerró con estrépito. De nuevo, silencio.

Un fogonazo repentino llenó la casa de un resplandor verdoso.

Y entonces, un rostro horroroso apareció en el vestíbulo y se quedó contemplando fijamente a los pescadores. En ese momento retumbó un trueno y los pescadores, aterrados, salieron corriendo de la casa hacia la tormenta.

Una inquietante luz azul

A altas horas de una noche de octubre de 1864, un velero confederado burló el bloqueo al que estaba sometida la bahía de Galveston, Texas, y pasando entre varias cañoneras de la Unión llegó a salvo a puerto con su carga de provisiones y otros artículos de primera necesidad.

Louis Billings, el capitán del pequeño navío, se preparaba para levar anclas cuando lo sorprendió el grito de un miembro de la tripulación.

—Una goleta extraña y anticuada con una gran bandera negra se dirigía a toda vela hacia nosotros —dijo Billings más tarde—. Estaba iluminada con una especie de misteriosa luz azul pálido que alumbraba cada rincón y cada rendija. Los tripulantes halaban los cabos y hacían otras faenas y no nos prestaron atención, ni siquiera miraron hacia nosotros. Todos ellos mostraban espantosas heridas sangrantes, pero sus rostros y sus ojos eran de muertos.

"El hombre que había gritado se había arrodillado y mascullaba una plegaria rechinando los dientes. Sobreponiéndome a mi propio terror, que me helaba hasta el tuétano de los huesos, me lancé hacia delante gritando a los otros mientras corría. De repente, la goleta se desvaneció ante mis ojos.

Alguien dijo que se trataba del fantasma de la nave pirata Pride que se hundió cerca de la isla de Galveston en 1821 o 1822. En 1892 se la volvió a ver en las mismas aguas y con la misma tripulación.

Algo cayó de lo alto

Me había enrolado como marinero en la Falls of Ettrick, una nave mercante con rumbo a Inglaterra. Cuando la vi por primera vez, me di cuenta enseguida de que ya la conocía: era la vieja Gertrude Spurshoe. Había navegado en ella años atrás, cuando su casco estaba pintado de marrón y oro. Ahora lo estaba de negro y tenía un nombre diferente, pero con toda seguridad se trataba de la misma embarcación.

Formábamos una buena tripulación para esta travesía, excepto por uno de sus miembros, un tipo de aspecto duro llamado McLaren. No es que fuera mal marinero, pero tenía algo que no me inspiraba confianza. Era demasiado reservado, y no hablaba nunca más de lo imprescindible.

Un día alguien le dijo que yo había sido tripulante de la vieja Gertrude y, por alguna razón, se echó a temblar al oírlo. A partir de ese momento, no dejó de lanzarme miradas asesinas, como si se muriera de ganas de acuchillarme por la espalda. Supuse que su extraña reacción tenía algo que ver con la Gertrude, pero no podía imaginar de qué se trataba.

El día en que todo ocurrió tratábamos de abrirnos camino a través de una espesa niebla negruzca que empapaba nuestras ropas. Apenas se notaba que llevábamos encendidas todas las luces. La calma era total; no había ni un soplo de aire fresco.

La nave se limitaba a permanecer allí, balanceándose suavemente, rolando y rolando con rumbo a ninguna parte. Yo estaba de guardia en el puente y McLaren hacía lo que podía al timón. El resto de la tripulación estaba desparramado por aquí y por allá. El mar en calma chicha, una tranquilidad absoluta.

En ese momento, de sopetón: ¡CATACRAC!, esa cosa golpeó la cubierta justo en frente de McLaren, que soltó un alarido y perdió el conocimiento. La sangre se me congeló en las venas.

El segundo oficial gritaba que alguien se había caído de las jarcias. Hacia proa, un poco más allá del timón, yacía alguien, o algo, vestido con un chubasquero cubierto por la sangre que rezumaba de su interior. El capitán corrió hacia su camarote para coger una lámpara potente con la que pudiéramos distinguir quién era.

Entre varios lo enderezaron para ver bien su cara. Era un hombre grande y más feo que un demonio. Nadie supo quién era, ni qué estaba haciendo allá arriba; por lo menos, si alguien sabía algo no lo dijo.

Cuando McLaren volvió en sí, trataron de sonsacarle, pero todo lo que hizo fue parlotear sin sentido y poner en blanco los grandes y enloquecidos ojos.

Todos estábamos nerviosos y cuanto más tiempo pasaba más nerviosos nos poníamos. Queríamos tirar el cuerpo por la borda rápidamente; había algo en todo aquello que era demasiado misterioso, demasiado raro, como si no fuera real.

Sin embargo, el capitán tenía sus dudas. No estaba seguro de que fuera lo mejor librarse así de él.

—¿No podría ser un polizón? —preguntó.

Pero la nave estaba tan abarrotada con el cargamento de madera que llevábamos, que no quedaba espacio para esconder a ningún ser viviente durante tres semanas, que era el tiempo que llevábamos navegando. Aún más: aunque se tratara de un polizón, ¿qué diantres hacía allá arriba con el tiempo que nos había tocado en suerte? Nadie podía tener ninguna razón para estar allí. No había nada que ver.

Finalmente, el capitán accedió y nos dijo que lo tiráramos por la borda. Pero nadie quiso tocarlo. El oficial nos ordenó que lo agarráramos, pero nadie se movió. Entonces trató de ser persuasivo, pero lo único que logró fue empeorar las cosas.

De repente, aquel chiflado de McLaren empezó a berrear:

—¡Pude con él una vez y también podré ahora!

Levantó el cuerpo y fue tambaleándose hacia la barandilla. Estaba a punto de tirarlo al agua cuando el hombre que dábamos por muerto estrechó a McLaren con sus largos y poderosos brazos y le arrastró en su caída. Antes de desaparecer bajo el agua, uno de los dos emitió una espantosa risa.

Los oficiales pedían a gritos que se lanzara un bote al agua, pero nadie quería tripularlo y mucho menos en una noche como aquélla. Tiramos un par de chalecos salvavidas por la borda, pero todos sabíamos que no les iban a servir para nada. Así que, eso fue todo. ¿O no?

En cuanto tuve ocasión de volver a casa, lo primero que hice fue ir a ver al viejo capitán Spurshoe, que había esta-

do al mando de la Gertrude cuando ésta navegaba con ese nombre.

—Bueno —dijo—, dos estrafalarios personajes hicieron una travesía en la Gertrude. Uno era McLaren, el otro un tipo realmente grande. El grande se metía todo el tiempo con McLaren y le zurraba una y otra vez; McLaren siempre hablaba de cómo iba a vengarse de él.

—Pues bien, aquella noche lóbrega los dos estaban solos allá arriba y el grande se precipitó cabeza abajo sobre la cubierta, donde quedó más muerto que un arenque.

McLaren dijo que el marchapié que estaban usando se había partido y que él también había estado a punto de caerse. Pero todo el que vio la cuerda supo que no se había roto sola: la habían cortado con un cuchillo. Después de eso, cada vez que llegábamos a puerto, McLaren pensaba que le íbamos a denunciar a la policía y estaba más que asustado. Pero nosotros no podíamos probar nada, así que ni siquiera lo intentamos.

—Lo que creo es que, al final, el tipo grande se ha encargado de arreglar las cosas a su manera. Y si para arreglarlas tuvo que volver como fantasma, pues un fantasma sería (si es que existen los fantasmas).

El perrito negro

Billy Mansfield decía que un perrito negro lo seguía a todas partes. Él era el único que lo veía y por eso la gente pensaba que estaba loco. Para librarse del perro, Billy estaba siempre gritándole y tirándole piedras, pero el animal volvía una y otra vez.

La primera vez que Billy vio al perro fue el día que disparó a Silas Burton. Aunque Billy era entonces joven, su familia y la de los Burton llevaban años enemistadas.

Cuando Billy vio a Silas cabalgando hacia él, cogió su arma y Burton hizo lo propio. Pero Billy disparó primero e hirió a Burton, tirándole del caballo, que huyó al galope; el arma cayó donde el herido no podía alcanzarla. Burton quedó allí, tirado en el suelo, suplicándole a Billy que no lo matara, pero éste acabó con él. Allí estaba el perrito negro de Burton, que comenzó a lamerle la cara, ladrando y gruñendo a Billy. Tan furioso estaba éste que mató también al perro.

En aquel tiempo la ley no se aplicaba con demasiado rigor, por lo que Billy no fue arrestado; pero oyó al perro de Burton junto a su cabaña durante toda la noche, arañando la puerta y ladrando para que lo dejara entrar. "Son sólo imaginaciones mías", se dijo Billy. "Le disparé. Ese perro está muerto".

A la mañana siguiente Billy vio al perro. Estaba esperándole fuera. De ahí en adelante no hubo un solo día en que no lo viera, ni una sola noche en que no lo oyera arañar la puerta y ladrar pidiendo paso.

Todos los días Billy encontraba pelos negros de perro en el sofá, en el suelo, en su cama e incluso en su comida. Y la casa y el patio apestaban a perro. Al menos eso era lo que él decía.

Si alguien decía que no había ningún perro, él replicaba:

—Quizá tú no lo ves, pero yo sí. Y no estoy más loco que tú.

Todo siguió igual durante muchos años. Una mañana a mediados de invierno los vecinos no vieron salir humo por la chimenea de Billy. Cuando se acercaron a ver qué pasaba, Billy había desaparecido.

Un día después, encontraron su cuerpo en la nieve, en un campo detrás de la cabaña.

Billy tenía muchos enemigos y, en principio, parecía que alguien lo había matado. Pero no había ninguna marca en su cuerpo ni tampoco se veía huella alguna, excepto las de Billy.

El médico dijo que, probablemente, había muerto de viejo; pero había algo muy raro en todo aquello. Cuando los vecinos encontraron a Billy, había pelos negros de perro en su ropa; tenía incluso algunos en la cara, y olía como si un perro le hubiera pasado por encima.

Y sin embargo, nadie había visto ningún perro merodeando por los alrededores.

Tintirintín

Una anciana enfermó y murió. Como no tenía familia ni amigos íntimos, los vecinos encargaron a un enterrador que cavara su sepultura. Cuando consiguieron el ataúd, lo pusieron en el salón de la anciana y, como manda la tradición, lavaron su cuerpo y la vistieron con sus mejores ropas antes de meterla en él.

Cuando murió, se quedó con los ojos muy abiertos, mirándolo todo sin ver nada. Los vecinos encontraron dos viejos dólares de plata en su cómoda y los colocaron sobre los párpados para mantenerlos cerrados.

Encendieron velas y se sentaron con ella, para que no se sintiera sola en aquella primera noche después de su muerte. A la mañana siguiente, un pastor fue a su casa y rezó una oración por su alma. Después todos se marcharon.

Más tarde, el enterrador llegó para llevarla al cementerio. Vio los dólares de plata que estaban sobre sus ojos y los cogió. ¡Qué brillantes y qué suaves eran! ¡Qué gruesos y pesados! "Son bonitos", pensó, "bonitos de verdad".

Miró a la mujer muerta y sintió cómo se clavaban en él aquellos ojos tan abiertos, vigilándole mientras sopesaba las monedas. Sintió un miedo atroz. Volvió a ponérselas sobre los párpados pero, antes de que pudiera darse cuenta de lo que hacía, extendió las manos, agarró las monedas y se las metió en el bolsillo. A continuación agarró el martillo y, rápidamente, cerró y clavó la tapa del ataúd.

—Ahora ya no puedes ver nada —le dijo, y llevándola al cementerio la enterró tan deprisa como pudo.

Cuando volvió a su casa, el enterrador metió los dos dólares de plata en una caja metálica y la agitó. Las monedas tintinearon alegremente, pero el enterrador no se sentía contento: no podía olvidar la mirada de aquellos ojos.

Al llegar la noche, se desató una tormenta y el viento comenzó a soplar: rodeó la casa, se coló por las rendijas, azotó las ventanas y bajó por la chimenea.

—¡Uus-uuuuuus-u-u-u! —ululaba el temporal—. ¡Uus-uuuuuus-u-u-u!

El fuego llameó y vaciló; el enterrador le echó madera recién cortada, se metió en la cama y se subió las mantas hasta la barbilla.

El viento continuó soplando:

—¡Uus-uuuuuus-u-u-u! ¡Uus-uuuuuus-u-u-u!

El fuego llameó y osciló, proyectando diabólicas sombras sobre las paredes.

El enterrador yacía allí, pensando en cómo le miraban los ojos de la anciana. El viento rugió y el fuego llameó, osciló, chasqueó y estalló; el enterrador sentía cada vez más miedo.

De pronto oyó otro sonido: tintirintín, tintirintín; eran los dólares de plata que tintineaban en la caja de metal.

—¡Eh! —gritó el enterrador—. ¿Quién se lleva mi dinero?

Pero sólo oyó soplar al viento, que seguía haciendo:

—¡Uus-uuuuuus-u-u-u! ¡uus-uuuuuus-u-u-u!

Y las llamas llamearon, oscilaron, chasquearon y estallaron, y las monedas tintinearon... tintirintín, tintirintín.

Saltó de la cama, echó el cerrojo de la puerta y, con otro salto, volvió a meterse dentro, pero su cabeza apenas había tocado la almohada cuando escuchó: tintirintín, tintirintín.

Después, a lo lejos, oyó una voz que clamaba:

—¿Dónde está mi dinero? ¿Quién me ha quitado el dinero? ¿Quieeeeén? ¿Quieeeeén?

Y el viento bramó: ¡uus-uuuuuus-u-u-u! ¡uus-uuuuuus-u-u-u! y el fuego llameó, osciló, chasqueó y estalló, y el dinero tintineó: tintirintín, tintirintín.

El enterrador estaba aterrorizado. Volvió a salir de la cama, apiló contra la puerta todos los muebles que pudo y puso una pesada sartén de hierro sobre la caja metálica; se metió corriendo a la cama y se cubrió la cabeza con las mantas.

En ese momento, el dinero repiqueteó con más fuerza que nunca. En el exterior, una voz gritó:

—¡Dame mi dinero! ¿Quién tiene mi dinero? ¿Quieeeeén lo tiene? ¿Quieeeeén?

Y el viento ululó; y el fuego llameó, osciló, chasqueó y estalló; y el enterrador se estremeció, tembló y gritó:

—¡Ay Dios, Dios!

De repente, la puerta delantera se abrió de golpe y entró el fantasma de la mujer muerta con los ojos muy abiertos, mirándolo todo sin ver nada. Y el viento ululó: ¡uus-uuuuuus-u-u-u! ¡uus-uuuuuus-u-u-u! y el dinero tintineó: tintirintín, tintirintín; y el fuego llameó, osciló, chasqueó y estalló; y el fantasma de la mujer muerta gritó:

—¡Oh! ¿Dónde está mi dinero? ¿Quién tiene mi dinero? ¿Quieeeeén lo tiene? ¿Quieeeeén?

Y el enterrador gimió:

—¡Ay Dios, Dios!

El fantasma podía oír el tintirintín, tintirintín que hacía el dinero, pero, con sus ojos muertos, no podía ver la caja de metal; por eso buscaba con los brazos extendidos, a tientas.

(Mientras cuentas la historia, levántate y avanza a tientas con los brazos en alto).

El viento ululó ¡uus-uuuuuus-u-u-u! ¡uus-uuuuuus-u-u-u!; el fuego llameó, osciló, chasqueó y estalló; el enterrador se estremeció, tembló y gimió:

—¡Ay Dios, Dios!

Y la mujer gritó:

—¡Dame mi dinero! ¿Quién tiene mi dinero? ¿Quieeeeén lo tiene? ¿Quieeeeén?

(Ahora salta de improviso sobre alguno de los que te escuchan y grita):

¡LO TIENES TÚ!

Escupía y maullaba como si fuera un gato

Los cuentos de este capítulo tratan sobre un baúl vacío, una vecina que se convierte en gata, un extraño tambor, unas salchichas muy sabrosas y otras cosas terroríficas.

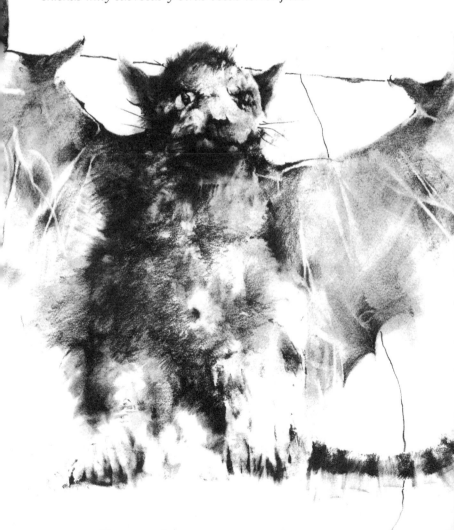

La novia

La hija del pastor acababa de casarse. Después de la boda hubo un gran festejo, con música, baile, concursos y juegos; incluso juegos para niños, juegos de los de toda la vida.

Cuando jugaban al escondite, la novia decidió esconderse en el desván dentro del baúl de su abuelo.

"Nunca me encontrarán aquí", pensó.

Mientras se metía en el baúl, la tapa se bajó y la golpeó en la cabeza. Inconsciente, se deslizó hasta el fondo y la tapa se cerró por completo quedando trabada la cerradura.

Nadie podrá saber jamás durante cuánto tiempo llamó pidiendo ayuda o cuán duramente luchó para liberarse de aquella tumba. En el pueblo todos la buscaron y miraron en casi todas partes, pero nadie pensó en el baúl. Después de una semana su flamante esposo y los demás la dieron por desaparecida.

Años después una muchacha subió al desván buscando algo que necesitaba. "Quizá esté en ese baúl", pensó. Lo abrió, miró dentro y profirió un alarido estremecedor. Allí yacía la novia perdida: aunque adornada con sus galas nupciales, ya no era nada más que un esqueleto.

Anillos en sus dedos

Daisy Clark llevaba en coma más de un mes cuando el médico dijo que, finalmente, había fallecido. La enterraron en un pequeño cementerio, situado a algo menos de dos kilómetros de su casa, un fresco día de verano.

—Descanse por siempre en paz —dijo su marido.

Pero no fue así. A media noche, un ladrón de tumbas, provisto de una pala y una linterna, comenzó a cavar en su sepultura. Como la tierra estaba todavía blanda, el ataúd quedó enseguida al descubierto y abrió la tapa al punto.

Su presentimiento era acertado. Daisy había sido enterrada con dos valiosos anillos: uno de boda con un diamante y otro con un rubí que resplandecía como si tuviera vida propia.

El ladrón se puso de rodillas y se inclinó dentro del ataúd: tomó la mano de la muerta y tiró de los anillos, pero estaban muy apretados. Decidió entonces que, para llevárselos, no tendría más remedio que cortarle los dedos.

Trató de cortar primero el dedo del anillo de boda pero... ¡saltó la sangre y Daisy Clark pegó un respingo! Y, de repente, ¡se sentó! Aterrorizado, el ladrón se puso en pie de un salto y tiró la linterna sin querer, quedándose sin luz.

Podía oír a Daisy que salía de la tumba; cuando sintió cómo se le acercaba en la oscuridad, se quedó paralizado de miedo, aferrando el cuchillo. Cuando ella le vio, se arrancó la mortaja y preguntó:

—¿Quién es usted?

Al oír hablar al "cadáver", el ladrón de tumbas salió corriendo como alma que lleva el diablo. Daisy se encogió de hombros y echó a andar sin mirar atrás ni una sola vez.

Entre tanto, el ladrón, con los sentidos embotados por el miedo, huyó en la dirección equivocada: se cayó cuan largo era dentro de la tumba de Daisy y se clavó el cuchillo que aferraba. Mientras Daisy caminaba hacia su casa, el ladrón de tumbas se desangró hasta morir.

El tambor

Había una vez dos hermanas: una se llamaba Dolores y tenía siete años, la otra se llamaba Sandra y tenía cinco. Vivían con su madre y su hermano pequeño, Arthur, en una casita en el campo. Su padre era marino y se había embarcado para una larga travesía.

Un día, Dolores y Sandra correteaban por un campo cercano a su casa, cuando se encontraron con una gitanilla que tocaba un tambor. Su familia pensaba pasar unos días por allí, y había acampado cerca.

Mientras la niña tocaba, un hombrecito y una mujercita mecánicos salieron del interior del tambor y se pusieron a bailar. Dolores y Sandra no habían visto nunca un tambor como aquél y le rogaron a la niña que se lo diera.

Ella las miró y se echó a reír.

—Os lo daré —dijo—, pero sólo si sois realmente malas. Volved mañana y me contáis lo malas que habéis sido. Entonces ya veremos.

En cuanto llegaron a casa, las dos hermanas se pusieron a gritar, cosa que iba contra las normas; escribieron con sus lápices sobre las paredes; en la cena tiraron su comida y, cuando llegó la hora de ir a la cama, se negaron obstinadamente. Hicieron todo lo que se les ocurrió para disgustar a su madre. Fueron realmente malas.

A primera hora de la mañana siguiente salieron a todo correr para ver a la gitanilla.

—Ayer fuimos malísimas —le dijeron—, así que ya puedes darnos el tambor, si eres tan amable.

Pero cuando le contaron lo que habían hecho, la gitanilla se carcajeó.

—Oh, tenéis que ser mucho peores que eso si queréis que os dé el tambor.

En cuanto llegaron a casa, arrancaron todas las flores del jardín, soltaron al cerdo y lo persiguieron, se destrozaron la ropa y chapotearon en el barro... Fueron mucho peores que el día anterior.

—Si no paráis —les reprendió su madre—, me marcharé y me llevaré a Arthur, y vendrá una nueva madre con ojos de cristal y una cola de madera.

Dolores y Sandra se asustaron. Querían a su madre y querían a Arthur. No se imaginaban la vida sin ellos y se echaron a llorar.

—Yo no quiero dejaros —dijo su madre—, pero si no cambiáis vuestro comportamiento tendré que marcharme.

—Seremos buenas —prometieron las niñas. En realidad no creían que su madre fuera a abandonarlas.

—Sólo intenta asustarnos —dijo Dolores.

—Mañana conseguiremos el tambor —dijo Sandra—. Entonces volveremos a ser buenas.

A primera hora de la mañana siguiente, se apresuraron para encontrarse con la gitanilla. Cuando la vieron, tocaba el tambor, y el hombrecito y la mujercita bailaban.

Le contaron lo malas que habían sido el día anterior.

—Ya es lo bastante malo como para conseguir el tambor —dijeron.

—Oh, no —replicó la gitanilla—. Tiene que ser mucho peor que eso.

—Pero le prometimos a nuestra madre ser buenas a partir de hoy —protestaron.

—Si de verdad queréis el tambor —dijo la gitanilla—, tenéis que ser mucho peores.

—Sólo será un día más —le dijo Dolores a Sandra—. Entonces tendremos el tambor.

—Espero que tengas razón —contestó Sandra.

En cuanto llegaron a casa golpearon al perro con un palo, rompieron los platos, hicieron pedacitos sus vestidos y azotaron a Arthur, el hermanito pequeño.

Su madre su puso a llorar.

—No estáis cumpliendo lo prometido —protestó.

—Seremos buenas —dijo Dolores.

—Lo prometemos —dijo Sandra.

—No puedo esperar mucho más —les advirtió la madre—. Por favor intentadlo.

A primera hora de la mañana siguiente, antes de que su madre se despertara, Dolores y Sandra salieron corriendo de su casa para ver a la gitanilla. Le contaron todas las cosas malas que habían hecho el día anterior:

—Fuimos horrorosas —dijo Sandra.

—Fuimos peores que nunca —añadió Dolores—. ¿Podemos llevarnos el tambor ya, por favor?

—No —contestó la gitanilla—. Nunca tuve intención de dároslo. Sólo era un juego. Creí que lo sabíais.

Dolores y Sandra se echaron a llorar y volvieron a casa tan deprisa como pudieron, pero su madre y Arthur se habían ido.

—Estarán de compras —dijo Dolores—. Volverán
pronto.

Pero llegó la hora de comer y aún no habían vuelto.

Dolores y Sandra se sintieron solas y tuvieron miedo.
Vagabundearon por el campo el resto del día.

—Quizá cuando lleguemos ya hayan vuelto a casa —dijo Dolores.

Cuando llegaron, vieron por la ventana que las luces estaban encendidas y que había fuego en la chimenea, pero ni rastro de su madre ni de Arthur. Pero sí estaba su nueva madre: sus ojos de cristal refulgían y su cola leñosa golpeaba rítmicamente contra el suelo.

La ventana

Margaret y sus hermanos, Paul y David, compartían una casita en lo alto de una colina a las afueras del pueblo.

Una noche de verano hacía tanto calor que Margaret no podía dormir. Se sentó en la cama, a oscuras, para mirar la luna que atravesaba lentamente el firmamento. De repente algo le llamó la atención: dos lucecitas amarillo-verdosas se movían entre los árboles, en la falda de una colina próxima al cementerio. Parecían los ojos de un animal, pero no pudo distinguir de qué se trataba exactamente. De pronto la criatura salió de entre los árboles y empezó a subir la colina en dirección a la casa. Durante unos minutos Margaret la perdió de vista pero, poco después, la volvió a ver cruzando el césped en dirección a su ventana. Era algo parecido a un hombre, pero sólo parecido.

Margaret estaba aterrorizada. Quería salir corriendo de su habitación, pero la puerta estaba junto a la ventana. Tenía miedo de que la criatura la viera y entrara antes de que ella pudiera escapar.

Cuando la criatura giró y cambió de dirección, Margaret corrió hacia la puerta, pero antes de que pudiera abrirla, la cosa había vuelto. Margaret se quedó helada, mirando de hito en hito una cara contraída, como de momia, a través de la ventana. Tenía ojos amarillo-verdosos que destellaban como los de un gato. Margaret quiso gritar, pero sentía tanto miedo que no pudo emitir sonido alguno.

La criatura rompió el cristal de la ventana, abrió el pestillo y se arrastró hacia dentro. Margaret trató de huir pero la criatura la alcanzó. La agarró por el cabello con dedos largos y huesudos y, echándole la cabeza hacia atrás, le clavó los dientes en la garganta.

Margaret gritó y se desmayó. Cuando sus hermanos oyeron su penetrante grito, corrieron a su habitación, pero cuando consiguieron abrir la puerta, la criatura había huido. Margaret yacía en el suelo, inconsciente y ensangrentada. Mientras Paul trataba de contener la hemorragia, David perseguía a la criatura colina abajo, hacia el cementerio, pero al poco tiempo la perdió de vista.

La policía pensó que era obra de un lunático evadido que se creía un vampiro.

Cuando Margaret se recuperó, sus hermanos le propusieron mudarse a un lugar más seguro en el que fuera más difícil entrar en la casa, pero Margaret no quiso. Aseguraba que la criatura no iba a volver jamás. Sin embargo, por si llegaba el caso, Paul y David guardaron pistolas cargadas en sus habitaciones.

Una noche, meses después, Margaret se despertó al oír arañazos en la ventana. Cuando abrió los ojos, allí estaba la misma cara consumida mirándola fijamente. Esa noche sus hermanos la oyeron gritar a tiempo. Persiguieron a la criatura colina abajo y David le disparó en la pierna; pero la criatura se las arregló para trepar el muro del cementerio y desaparecer cerca de un viejo panteón.

Al día siguiente, Margaret y sus hermanos vigilaban mientras el sacristán de la iglesia abría el panteón. Dentro se encontraron una horrible escena: ataúdes rotos, huesos y carne podrida estaban desperdigados por el suelo. Sólo un ataúd no había sido profanado. Cuando el sacristán lo abrió, allí yacía la criatura con la cara carcomida que había atacado a Margaret. La bala delatora estaba en su pierna.

Hicieron lo único que sabían para librarse de un vampiro. El sacristán encendió una rugiente fogata junto al panteón y arrojaron el carcomido cuerpo a las llamas.

Observaron cómo ardía, hasta que lo único que quedó de él fueron las cenizas.

Una salchicha riquísima

Una oscura y lluviosa tarde de sábado, un carnicero gordo y jovial llamado Samuel Blunt discutía, por motivos de dinero, con su mujer, Eloise. Blunt perdió los estribos y la mató. Luego hizo con ella picadillo para salchichas y enterró sus huesos bajo una gran losa plana en el patio trasero. Para no ser descubierto, le dijo a todo el mundo que Eloise se había ido a vivir lejos.

Blunt mezcló el picadillo obtenido de Eloise con carne de cerdo, la sazonó con sal y pimienta; añadió además un poco de salvia y tomillo y una pizca de ajo.

Para darle el toque definitivo, la metió en el cuarto de ahumar. Cuando estuvo lista, la llamó "Salchicha Especial de Blunt".

Hubo tal demanda de esta nueva salchicha que Blunt compró los mejores cerdos que pudo encontrar y comenzó a criar sus propios ejemplares. Al mismo tiempo empezó a mirar de una forma particular a los conocidos y clientes que pudieran dar mejor gusto a su relleno para salchichas.

Un día una bonita y rolliza profesora de escuela entró en su tienda. Blunt la agarró y la transformó en picadillo. Otro día entró el dentista de Blunt. Era un hombre pequeño y redondo y terminó en la picadora. Luego fueron desapareciendo los niños de la vecindad uno a uno. Lo mismo pasó con los gatos y los perros; pero nadie pensó, ni por asomo, que Blunt el carnicero tuviera algo que ver con ello.

Todo continuó igual durante años hasta que, un día, el carnicero cometió un error. Un chico gordo entró en la carnicería. Blunt lo agarró y comenzó a arrastrarlo hacia la picadora, pero el muchacho escapó y salió corriendo de la tienda. Blunt no lo pensó dos veces y salió en su persecución blandiendo un gran cuchillo de carnicero.

Cuando los vecinos lo vieron, se dieron cuenta al momento de lo que les había pasado a todos los desaparecidos: niños, adultos, gatos y perros. Una multitud enfurecida se congregó en la carnicería. Nadie sabe con seguridad qué le pasó a Blunt aquel día: unos dicen que lo echaron a los cerdos; otros, que a la picadora. Pero nunca se le volvió a ver y lo mismo ocurrió con sus magníficas salchichas.

La pata de la gata

Alguien estaba robando la carne que Jed Smith guardaba en su despensa. Todos los días desaparecía un jamón, beicon u otra cosa. Finalmente, Jed decidió que eso tenía que acabar. Una noche se escondió en la despensa armado con su rifle y esperó al ladrón.

No tuvo que aguardar mucho ya que, enseguida, entró sigilosamente una gata negra. Era la gata más grande que Jed había visto en su vida. Cuando de un salto descolgó y tiró al suelo un jamón que colgaba del techo, Jed empuñó su rifle y encendió las luces. Disparó y le arrancó al animal parte de una pata.

Jed estaba seguro de haber oído un grito de mujer justo después de disparar. La gata comenzó a correr por la habitación escupiendo y maullando. Después, subió corriendo por la chimenea y se fue.

Jed miraba fijamente la pata de la gata. Lo que ocurría es que ya no era una pata de animal.

Un pie de mujer yacía retorciéndose en el suelo, ensangrentado y destrozado por el disparo.

"Así que la que ha hecho todo esto ha sido una bruja", se dijo para sí.

En ese momento uno de los vecinos de Jed, un tipo llamado Burdick, bajaba a la carrera por el camino buscando un médico. Le dijo a Jed que había habido un accidente y le habían disparado a su mujer en el pie.

—Está sangrando de mala manera —dijo.

El médico llegó justo a tiempo para salvarla. Las personas que estaban por allí y que vieron lo ocurrido, dijeron que la mujer "escupía y maullaba como si fuera un gato".

La voz

Ellen acababa de quedarse dormida cuando oyó una extraña voz.

—Ellen —susurraba—, estoy subiendo las escaleras.

—Estoy en el primer escalón.

—Ahora estoy en el segundo escalón.

Ellen tuvo mucho miedo y llamó a sus padres, pero como no la oyeron, no fueron.

Entonces la voz susurró:

—Ellen, estoy en el último escalón.

—Ahora estoy en el pasillo.

—Ahora estoy frente a la puerta de tu habitación.

Entonces susurró:

—Estoy al lado de tu cama.

Y entonces:

—¡TE AGARRÉ!

Ellen gritó y la voz calló. Su padre entró corriendo en la habitación y encendió la luz.

—¡Aquí hay alguien! —gritó Ellen. Miraron y miraron. No había nadie.

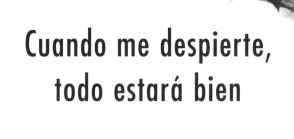

Cuando me despierte,
todo estará bien

Hay aquí historias de miedo acerca de un vagón de metro,
un centro comercial y otros lugares peligrosos.

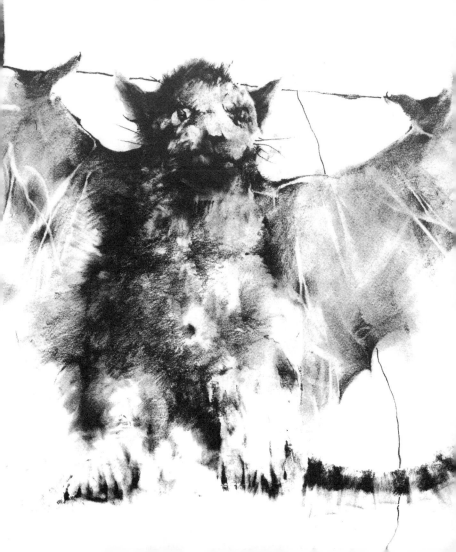

¡Oh, Susannah!

Susannah y Jane compartían un pequeño apartamento cerca de la universidad en la que estudiaban. Una noche, al volver de la biblioteca, Susannah se encontró con que la luz se había ido y Jane ya estaba dormida; se desvistió a oscuras y se metió en la cama sin hacer ruido.

Se acababa de dormir cuando la despertó alguien que tarareaba bajito la música de la canción "¡Oh, Susannah!":

—Jane —dijo—. Deja de canturrear, por favor. Quiero dormir.

Jane no contestó, pero el canturreo dejó de oírse y Susannah se durmió. A la mañana siguiente se despertó temprano (a ella, en realidad, le pareció tempranísimo) y cuando estaba tratando de volver a dormirse oyó de nuevo el canturreo.

—Por favor, vuelve a dormir —le dijo a Jane—. Es demasiado pronto para levantarse.

Jane no contestó y el canturreo continuó. Susannah se enfadó con ella:

—Déjalo de una vez —le dijo—. No tiene ninguna gracia.

Como a pesar de todo el canturreo no cesaba, Susannah perdió los estribos. Saltó de la cama, tiró de las sábanas de Jane y gritó…

¡Jane no tenía cabeza! ¡Alguien se la había cortado!

—Seguro que esto es una pesadilla —se dijo Susannah—. Cuando me despierte por la mañana todo habrá pasado…

El hombre del medio

Era casi media noche. Sally Truitt acababa de tomar el
metro en la calle 50, después de visitar a su madre.

—No te preocupes —dijo Sally—. El metro es seguro.
Hay siempre un policía de guardia.

Pero aquella noche no había visto ninguno, y cuando se
metió en el vagón se dio cuenta de que estaba completa-
mente sola.

En la calle 42 entraron tres hombres de mirada torva.
Dos de ellos sostenían al tercero, que parecía borracho: se
le movía la cabeza de un lado a otro y sus piernas se nega-
ban a sostenerle.

Cuando consiguieron sentarle entre ellos, inmediatamente apoyó la cabeza sobre un hombro. Sally pensó que

la estaba mirando, así que enterró la cabeza en un libro y trató de ignorarlo.

En la calle 28, uno de los hombres se levantó.

—Tómatelo con calma, Jim —dijo al hombre de en medio, y salió.

En la calle 23, el otro amigo de Jim se puso de pie.

—Te pondrás bien —dijo, y también salió.

Los únicos que quedaron en el vagón fueron Jim y Sally. Poco después, el tren tomó una curva cerrada y Jim cayó al suelo, a los pies de Sally. Cuando ella lo miró, le vio un reguero de sangre a un lado de la cabeza. Justo sobre el reguero, había un agujero de bala.

Un gato en la bolsa de la compra

La señora Briggs se dirigía en coche hacia el centro comercial para hacer unas compras navideñas de última hora, cuando atropelló a un gato accidentalmente. No podía soportar la idea de dejar el cuerpo del animal tirado en la carretera para que otros coches lo golpearan y lo aplastaran. Por eso se paró, envolvió al gato en unos papeles que llevaba y lo metió en una vieja bolsa de la compra que puso en el asiento de atrás. Pensaba enterrarlo en el patio trasero cuando volviera a casa.

Cuando llegó al centro comercial, aparcó su coche y comenzó a caminar hacia uno de los puestos. Sólo había dado unos pocos pasos cuando, por el rabillo del ojo, vio a una mujer que metía el brazo por la ventanilla abierta de su coche y cogía la bolsa con el gato muerto. Después, la mujer se metió en un coche cercano y arrancó.

La señora Briggs corrió hacia su coche y siguió a la mujer; la alcanzó en un restaurante carretera abajo. La siguió y la vio acomodarse en uno de los cubículos y pedir algo a la camarera.

Cuando estaba sentada bebiendo un refresco, metió la mano en la bolsa de la compra de la señora Briggs. Inmediatamente bajó la cabeza y miró dentro. Su cara expresó todo el horror que sentía. Gritó y se desmayó.

La camarera llamó a una ambulancia. Dos auxiliares se llevaron a la mujer en una camilla, pero se dejaron la bolsa. La señora Briggs la agarró y corrió detrás de ellos.

—¡Esta bolsa es suya! —les dijo—. ¡Es su regalo de Navidad! ¡Seguro que no quiere perderlo por nada del mundo!

La cama junto a la ventana

Tres ancianos impedidos compartían habitación en una residencia. Su habitación sólo tenía una ventana, pero para ellos esa ventana era el único vínculo con el mundo real. Ted Conklin, que era el que más tiempo llevaba allí, tenía la cama junto a la ventana. Cuando Ted murió, el hombre de la cama de al lado, George Best, ocupó su lugar; el tercer hombre, Richard Greene, pasó a la cama de George.

A pesar de su enfermedad, George era un hombre alegre que pasaba el día describiendo lo que veía por la ventana desde su cama: chicas guapas, un policía a caballo, un atasco, una pizzería, una estación de bomberos y otras escenas de la vida exterior.

A Richard le encantaba oír a George. Pero, cuanto más le oía, más ganas tenía de ver el mundo exterior por sí mismo. Sin embargo, sabía que sólo cuando George muriera llegaría su oportunidad. Tenía tantas ganas de mirar por la ventana que un día decidió matar a George.

"Total, si se va a morir pronto", se dijo. "¿Qué más da?".

George estaba enfermo del corazón. Por si sufría un ataque durante la noche y la enfermera no llegaba a tiempo para atenderle, tenía unas píldoras siempre a mano. Las guardaba en un frasco sobre el armarito que había entre su cama y la de Richard. Todo lo que Richard tenía que hacer era tirar el frasco al suelo, donde George no pudiera alcanzarlo.

Unas noches después, tal como Richard había planeado, George murió. A la mañana siguiente cambiaron a Richard a la cama junto a la ventana. Ahora podría ver por sí mismo las cosas que George describía.

Cuando se fueron las enfermeras, Richard se volvió hacia la ventana y miró: todo lo que pudo ver fue una desnuda pared de ladrillo.

La mano del muerto

Los estudiantes de la escuela de enfermería se llevaban muy bien, pero todos se llevaban mal con Alice. Lo malo de Alice es que era perfecta. Al menos, así se lo parecía a los demás.

Siempre se mostraba amistosa, siempre estaba alegre. No se alteraba por nada. Siempre tenía a tiempo los trabajos y siempre los hacía perfectamente. Ni siquiera se mordía las uñas.

La perfección de Alice molestaba a muchos de sus condiscípulos. Les hubiera gustado verla hacer algo mal: aterrorizarse, gritar o hacer algo que demostrara que también tenía puntos débiles, como tenían ellos.

Una noche varios estudiantes trataron de asustarla gastándole una broma. Tomaron prestada la mano de un cadáver que habían estudiado en anatomía y la colgaron del cordón de la luz de su baño. Cuando Alice fuera a encender la luz, se encontraría estrechando la mano de un muerto.

—Esto le daría miedo a cualquiera —dijo uno de ellos—. Si esto no la asusta, nada lo hará.

Después de colgar la mano en su lugar, se fueron al cine. Cuando volvieron, Alice estaba dormida. Pero cuando a la mañana siguiente no apareció, decidieron averiguar qué había pasado.

No había rastro de Alice en la habitación. Pero pronto la encontraron: estaba sentada en el suelo del baño mirando fijamente la mano del muerto y mascullando entre dientes. Alice ni siquiera levantó la cabeza.

La "broma" había funcionado, pero nadie se reía.

Un fantasma en el espejo

Éste es un "juego de miedo" con el que los jóvenes se entretienen de vez en cuando: tratan de conjurar un fantasma en el espejo de su cuarto de baño.

La mayoría no cree que el fantasma vaya a aparecer en realidad, pero de todas formas tratan de invocar a uno, porque les divierte o por curiosidad.

Algunos están dispuestos a conformarse con cualquier fantasma, pero otros buscan uno en particular. Pueden buscar, por ejemplo, el fantasma de Mary Worth, también conocida como Mary Jane y como Bloody Mary. Es la heroína de un antiguo cómic, aunque algunos dicen que, en realidad, era una bruja que fue colgada en la infame caza de brujas de Salem, Massachussets, el año 1692.

Otro de estos fantasmas con nombre propio es "La Llorona", una mujer que, deshecha en lágrimas, deambula por los pueblos y ciudades, desde Texas a California y por todo México, buscando a su hijo perdido.

Otro más es el fantasma de Mary Whales, una joven de la que dicen se mató en un accidente de coche en Indianápolis, Indiana, alrededor de 1965. Su fantasma es uno de los "autostopistas que desaparecen". Se dice que, una y otra vez, hace autostop y, cuando para un coche, le dice al conductor que la lleve a su casa, pero antes de llegar allí desaparece.

Así es como los cazadores de fantasmas tratan de invocar uno:

1. Buscan un cuarto de baño tranquilo, cierran la puerta y apagan las luces.

2. Mientras miran fijamente sus caras en el espejo, repiten el nombre del fantasma, normalmente de cuarenta y siete a cien veces. Si cualquier fantasma les va bien, en lugar de un nombre dicen: "cualquier fantasma". Si el conjuro da resultado, la cara del fantasma irá remplazando lentamente en el espejo a la cara del cazador.

Hay quien dice que los fantasmas se ponen furiosos cuando se les molesta. Dicen que si se ponen muy furiosos tratan de romper el espejo y de entrar en la habitación. Pero el que está jugando siempre puede encender las luces y mandar al fantasma de vuelta por donde ha venido. Y cuando eso ocurre, el juego se ha acabado.

La maldición

Mi padre tenía un amigo llamado Charlie Potter. Era un hombre pequeño y nervioso que siempre miraba a su alrededor, como si le acechara algún peligro. Después de que me contara la historia de su fraternidad de estudiantes, entendí por qué.

—La fraternidad ya no existe —dijo—. Fue prohibida hace años. Éramos nueve miembros y en aquel momento iban a entrar dos más: Jack Lawton y Ernie Kramer.

"Una noche de enero, los nueve llevamos a esos dos al campo, para hacerles la novatada correspondiente a su ceremonia de iniciación. Los metimos en una vieja casa desierta en la que habían sido asesinados recientemente dos jóvenes de nuestra edad. Todavía no habían detenido al asesino.

"Dimos a Jack una vela encendida y le dijimos que subiera al tercer piso. "Quédate una hora", le ordenamos "y después bajas. No hables. No hagas ruido. Si se te apaga la vela, te aguantas a oscuras".

"Desde donde estábamos, podíamos ver la luz de la vela de Jack subiendo las escaleras: llegó al segundo piso, llegó al tercero... pero, al llegar allí, la vela se apagó.

"Pensamos que se la había apagado una corriente de aire, pero cuando pasó la hora y Jack no bajó, ya no estuvimos seguros. Esperamos otros quince minutos en los que nos fuimos poniendo cada vez más nerviosos.

"Cuando no pudimos más, mandamos a Ernie Kramer a buscarle. En cuanto llegó al tercer piso, su vela también se apagó. Esperamos diez minutos, pero ninguno de los dos dio señales de vida. "Bajad de una vez", gritamos, pero no contestaron.

"Por fin, decidimos ir en su busca. Comenzamos a subir las escaleras provistos de linternas. La casa estaba tan silenciosa y oscura como una tumba. Cuando llegamos al segundo piso volvimos a llamarles, pero no hubo respuesta.

"Al llegar al tercer piso, nos encontramos con un gran espacio que parecía un desván. Jack y Ernie no estaban allí pero, al fondo, vimos huellas de polvo que conducían a otro cuarto.

"Esa habitación estaba también vacía, pero había sangre aún húmeda en el suelo y la ventana estaba abierta de par en par; miramos por ella y calculamos que hasta abajo habría unos ocho metros; pero no vimos ni una escalera, ni una cuerda, ni nada que les hubiera podido servir para bajar.

"Buscamos por el resto de la casa y por sus alrededores, pero no encontramos nada. Llegamos a la conclusión de que nos estaban gastando una broma. Decidimos que, de algún modo, habían conseguido escapar por la ventana y se habían escondido en el bosque. La sangre del suelo era sólo para despistarnos. Esperábamos que aparecieran por la mañana con un montón de historias y muchísimas risas. Pero no aparecieron.

"Al día siguiente, le contamos al decano lo que había sucedido y él avisó a la policía. Ésta tampoco encontró na-

da y después de varias semanas, la búsqueda se dio por terminada. Nunca se supo lo que les pasó.

"No hay mucho más que contar —dijo—. Nos arrestaron, la universidad disolvió la fraternidad y a los nueve nos expulsaron durante un año.

"La parte más extraña vino después de que nos graduáramos. Parecía que alguien nos había echado una maldi-

ción: cada año, más o menos en la fecha de la ceremonia de iniciación uno de nosotros moría o se volvía loco.

”Yo soy el único que queda —dijo—, y mi salud es excelente. Pero hay veces en las que me siento un poquitín raro…

(Ahora, salta sobre alguno de los oyentes y GRITA:)

¡AAAAAAAAAAAAAAAH!

La última carcajada

Estas historias son de miedo y de risa a la vez.

La iglesia

Había una vez un tipo llamado Larry Berger que no temía a nadie que estuviera vivo; pero cualquiera que estuviera muerto lo dejaba helado de miedo.

Una noche, mientras Larry conducía su viejo jeep por el campo, se desató una gran tormenta. Como llovía a cántaros, Larry empezó a buscar un lugar para guarecerse antes de que el vehículo se quedara atascado.

En el primer sitio que encontró no se hubiera quedado por nada del mundo. Era una vieja cabaña desierta, probablemente seca como la yesca, pero Larry sabía a ciencia cierta que estaba embrujada, así que siguió su camino.

Después de conducir unos kilómetros más, llegó a una vieja iglesia abandonada. Estaba aislada en medio de un campo y hacía años que nadie entraba en ella; carecía de cristales en las ventanas, pero todavía había partes del techo intactas, por lo que Larry aparcó su jeep y entró corriendo.

Estaba oscuro como boca de lobo. Larry anduvo a tientas hasta que encontró un banco y se sentó. Era un lugar agradable y seco, tal como había supuesto; estiró las piernas y se puso cómodo.

De repente, hubo un gran relámpago y Larry vio que no estaba solo. Había siluetas sentadas en casi todos los bancos. Tenían las cabezas inclinadas como si rezaran y todos vestían de blanco.

"Deben ser fantasmas cubiertos con sus mortajas", pensó Larry. "Han debido de venir de algún cementerio para secarse".

Larry se levantó de un salto y salió corriendo por el pasillo tan rápido como pudo, yendo a darse un gran topetazo contra uno de los fantasmas. Y el fantasma hizo:

¡BUUU-UGGG!

La mala noticia

León y Todd estaban locos por el béisbol. Cuando eran jóvenes habían jugado en el equipo de su pueblo; León de lanzador y Todd de segunda base. Ahora que eran muy mayores pasaban su tiempo libre hablando de béisbol y viendo partidos por la tele.

Un día León le preguntó a Todd:

—¿Tú crees que en el Cielo juegan al béisbol?

—Es una buena pregunta —dijo Todd—. El primero que llegue, que vuelva y se lo cuente al otro.

Resultó que Todd fue el primero que llegó, así que León esperó pacientemente a tener noticias suyas.

Poco tiempo después, León encontró a Todd sentado en el salón esperándole. Se alegró muchísimo de verle.

—¿Qué tal se está allá arriba? —preguntó León—. ¿Qué me dices del béisbol?

—En lo que respecta al béisbol —dijo Todd—, tengo una noticia buena y otra mala. La buena es que en el Cielo jugamos al béisbol: tenemos equipos estupendos. Yo juego de segunda base en el mío, igual que en los viejos tiempos. Ésta es la buena noticia.

—¿Y la mala? —preguntó León.

—La mala —dijo Todd—, es que tú tienes que jugar mañana.

Hubo un silencio inquietante. Después se oyeron unos pasitos que salían disparados por la calle, en dirección al cementerio. Entonces, la mujer se levantó y se sirvió un plato de sopa.

El traje marrón

Una mujer fue a la funeraria para ver el cadáver de su marido.

—Han hecho un buen trabajo —le dijo al empleado—. Tiene el mismo aspecto que cuando estaba vivo, excepto por una cosa: mi marido llevaba siempre un traje marrón y ustedes se lo han puesto azul.

—No hay ningún problema —dijo el empleado—. Podemos cambiárselo fácilmente.

Ella volvió más tarde y vio que su marido llevaba ya el traje marrón.

—Ahora sí que parece el de siempre —dijo—. Supongo que les habrá costado mucho.

—Nada en absoluto —dijo él—. De hecho, hay aquí un hombre que llevaba un traje marrón y su viuda dijo que lo prefería azul. Como es más o menos de la talla de su esposo, le hemos puesto el azul y a su esposo el marrón.

—Incluso así —dijo ella—, cambiar toda esa ropa es mucho trabajo.

—Realmente no —dijo el empleado—. Lo único que hicimos fue cambiarles las cabezas.

¡Ba-ruuum!

O'Leary ha muerto,
O'Riley no se entera.
O'Riley ha muerto,
O'Leary no se entera.
Los dos han muerto
en la misma litera;
ninguno sabe
que el otro palmó.
¡BA-RUUUM! ¡BA-RUUUM!

De la canción "The Irish Washerwoman"

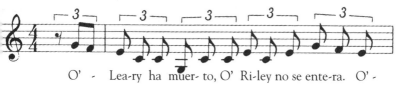

O' - Lea-ry ha muer- to, O' Ri-ley no se ente-ra. O' -

Ri - ley ha muer- to, O' - Lea - ry no se ente - ra.

Los dos han muer-to en la mis - ma li - te - ra;

nin-gu - no sa - be que el otro pal-mó. ¡BA- RUUUM!¡BA-RUUUM!

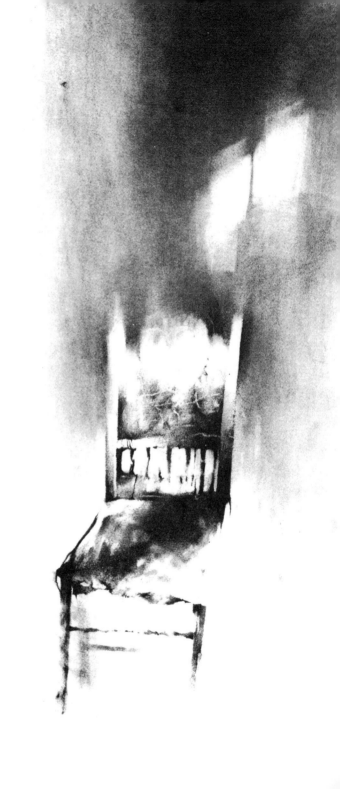

¡Plum-pataplún!

Cuando nos marchamos de Schoharie a Schenectady, alquilamos una casa baratísima porque se decía que estaba embrujada y nadie quería vivir en ella; pero a nosotros no nos importó, porque los espíritus nos traían sin cuidado.

La noche que llegamos, nos metimos en la cama cansados como perros, porque habíamos estado viajando en una carreta todo el día. No habíamos tenido tiempo de cerrar los ojos cuando oímos un plum-pataplún, plum-pataplún, bajando por las escaleras desde el desván. Yo me cubrí la cabeza con la manta, pero no puede acallar el ruido. Plum-pataplún hacía, más claro que el agua.

Pasó por la puerta del dormitorio: plum-pataplún, plum-pataplún; escalera abajo: plum-pataplún, plum-pataplún; por la cocina: plum-pataplún, plum-pataplún; bajando por las escaleras del sótano: plum-pataplún, plum-pataplún, armando el barullo más horroroso que te puedas imaginar. Era más de lo que podíamos aguantar, así que todos seguimos al ruido para ver qué pasaba.

Cuando bajamos al sótano, vimos que lo que había armado tal estruendo era una silla. Allí estaba, con una de sus patas señalando a un sitio concreto del sucio suelo. Y allí nos quedamos todos mirándola boquiabiertos, hasta que mi hermano Ike dijo que él creía que la silla trataba de decirnos algo acerca del lugar que señalaba.

Ike se fue a por una pala y empezó a cavar. Al poco tiempo golpeó en algo duro: era el borde de una caja. Todos le gritamos que se diera prisa en descubrir el resto. La silla se excitó tanto, que saltó arriba y abajo como si se hubiera vuelto loca de remate.

Cuando Ike dejó la caja al descubierto, Papi y los chicos quitaron la tapa; allí había el cuerpo de un hombre todo pringoso de sangre. Estaba tan claro como el día que le habían asesinado y la silla quería que se supiera.

Allí en aquel momento, decidimos marcharnos. Siendo forasteros, todo el mundo pensaría que lo habíamos asesinado y habíamos ido allí a esconder el cadáver. No nos llevó mucho tiempo rellenar el agujero de nuevo y salir de esa casa.

La silla enloqueció por completo al ver que nos íbamos. Subió las escaleras del sótano plum-pataplún, plum-pataplún, haciendo más ruido que al bajar. Luego plum-pataplumbeó el siguiente tramo de escaleras y después el otro, cada vez con más fuerza.

Cuando llegó al desván, PLUM-PATAPLUMBEÓ con tal violencia que pensamos que iba a tirarnos toda la escayola del techo encima de las cabezas.

Nadie nos preguntó por qué nos íbamos tan pronto, porque nadie se había quedado allí más de una noche. Pero puedo deciros que estábamos encantados de regresar a Schoharie; allí, por lo menos, las sillas se quedan donde las dejas y no van por ahí saltando y brincando, sacando a todo el mundo de sus casillas, descubriendo crímenes, y otras cosas más.

Abreviaturas

AF	Arkansas Folklore
CFQ	California Folklore Quarterly
HF	Hoosier Folklore
HFB	Hoosier Folklore Bulletin
IF	Indiana Folklore
IUFA	Indiana University Folklore Archive, Bloomington, Indiana
JAF	Journal of American Folklore
KFQ	Kentucky Folklore Quarterly
NEFA	Northeast Archives of Folklore and Oral History, University of Maine, Orono, Maine.
PTFS	Publicación de la Texas Folklore Society
SFQ	Southern Folklore Quarterly
SS	Alvin Schwartz, *Scary Stories to Tell in the Dark*
WF	Western Folklore

Notas

Las publicaciones citadas se describen en la Bibliografía.

¡JÚ-JÁS! El término "heebie-jeebies" (repeluses) proviene de una historieta cómica del dibujante W. DeBeck, creada en los años anteriores a la Primera Guerra Mundial. El término "screaming meemies" (aulladores) era el primer nombre que se dio a un tipo de munición de artillería que el ejército alemán utilizó contra los aliados, durante la Primera Guerra Mundial.

Fantasmas vivientes. Siempre ha existido la creencia de que los muertos pueden volver al mundo de los vivos como fantasmas, si necesitan hacerlo. Pueden ser invisibles o manifestarse como una bruma que se mueve o aparecer tal como eran cuando estaban vivos. De estos "fantasmas vivientes" los más conocidos son los autostopistas fantasmales o que desaparecen. Hay muchas historias sobre ellos. Normalmente tienen un protagonista que muere y, después de muerto, hace sucesivas tentativas para volver a casa o a lugares conocidos. El fantasma se las arregla para subir a un coche haciendo autostop, pero siempre desaparece antes de que el coche llegue a su destino. En el Capítulo 1 hay varios cuentos de fantasmas vivientes: "Algo me pasa", "El accidente" y "Un domingo de mañana". Para profundizar en el tema de los fantasmas, véase SS, pp. 92-94.

Un domingo de mañana. Este cuento se basa en una antigua creencia según la cual la noche pertenece a los muertos y los lugares de culto están hechizados después de la puesta de sol.

El estudioso Alexander Krappe sugirió que también podría estar basado en un sueño en el que, probablemente, el que está durmiendo sueña que camina. "Podría ser —dijo— que el soñador llegara caminando, sin darse cuenta, al lugar real donde su sueño se desarrolla, siguiera soñando allí y, al despertar, se encontrara con que tenía material suficiente para escribir un cuento". ¿Descubriría al despertarse, como le ocurrió a Ida, que sus ropas estaban desgarradas o que había sufrido serios arañazos? "Esas cosas tienen multitud de explicaciones", dijo Krappe.

Krappe oyó contar una historia a un galeno alemán del siglo XIX. Cuando estaba en el instituto, el galeno vivía con un muchacho de diecisiete años que era sonámbulo. Una noche, el chico soñó que eran las siete de la mañana y, por tanto, hora de ir a clase. Todavía dormido, se lavó, se vistió, cogió sus libros y bajó las escaleras. Cuando iba hacia la puerta se paró a mirar la hora, como hacía cada mañana; en ese preciso momento el reloj marcaba la medianoche y dio doce sonoras campanadas que lo despertaron.

Si el muchacho no se hubiera despertado, Krappe sugería que, probablemente, habría ido a su clase (igual que Ida había ido a la iglesia en "Un domingo de mañana") y allí habría continuado soñando.

Ruidos. Esta leyenda la encontró un periodista de Brooklyn, N.Y., llamado Charles M. Skinner. Aunque no era un especialista en folclore, Skinner fue el primer recopilador serio de leyendas norteamericanas. De 1896 a

1903 escribió cinco libros de leyendas, recogidas por todos los Estados Unidos. Algunas de ellas tuvieron gran éxito. En total, Skinner encontró e hizo versiones de 515 leyendas relacionadas con fantasmas, tesoros, cementerios indios, brujas, rescates y otros temas. Hace unos pocos años que los especialistas en folclore se han interesado por este tema.

Algo cayó de lo alto. Un escritor y artista llamado George S. Wasson fue el autor de éste y otros cuentos que reflejan el tipo de historias que se contaban en los pueblos de pescadores de Maine, durante el siglo XIX. Se basaban en su conocimiento de las historias y los dialectos locales. Todos estaban relacionados con un pequeño puerto llamado Killick Cove, que es en realidad Kittery Point, situado al sur de Maine, donde Wasson vivió. Véase Dorson, Jonathan, pp. 243-48.

Tintirintín. Ésta es una de las famosas historias de tío Remus que Joel Chandler Harris creó basándose en cuentos, canciones, costumbres y formas de hablar de los negros que aprendió siendo un muchacho blanco en el antiguo Sur.

Sus historias sobre la vida de los esclavos negros en las plantaciones aparecieron por primera vez el año 1878 en el periódico *The Atlanta Constitution*. El primero de sus libros, *Uncle Remus: His Songs and Sayings*, apareció dos años después y le hizo famoso. A éste le siguieron otros nueve libros, incluyendo *Uncle Remus and Brer Rabbit* y *The Tar Baby and Other Rhymes of Uncle Remus*.

Estos libros evocaban un aspecto sorprendente de la vida y del carácter de los negros del viejo Sur: el tío Remus, ejerciendo el papel tradicional del negro más anciano, era quien contaba historias a los hijos del amo. Véase Brooker, pp. 3-21; 43-62.

Enterrado vivo. Cuando una persona muerta es embalsamada, un líquido, que normalmente contiene formaldehído, se bombea en los sistemas vascular y linfático. Esto conserva el cuerpo durante mucho tiempo. También sirve para asegurarse de que la persona que se entierra está realmente muerta.

Antes de que los modernos métodos para embalsamar se generalizaran, circularon muchas leyendas como "Anillos en sus dedos". Esas leyendas daban cuenta de casos en los que la persona dada por muerta estaba en algún tipo de trance profundo y despertaba en el transcurso de las honras fúnebres o después de la inhumación. En el último caso, las personas que se salvaban de morir enterradas vivas se lo debían a los saqueadores de tumbas.

En aquel tiempo los ladrones desenterraban a los muertos para quitarles sus joyas, o robaban los cadáveres para venderlos a las facultades de medicina. De vez en cuando, encontraban una persona viva, que volvía en sí por la impresión que le causaba el aire frío, o por los esfuerzos que hacían para cortarle uno de sus dedos.

En los primeros años del siglo XIX, una mujer inglesa estaba tan obsesionada con el tema que dispuso que, a su muerte, la metieran en un panteón, dentro de un ataúd sin tapa; en la pared del panteón se dejó un pequeño vano para que pudiera respirar y ser oída si recobraba el conocimiento.

Vampiros. El vampiro del cuento "La ventana" es un cadáver viviente. Una persona que muere, pero que no siempre está muerta. No puede descansar en su tumba y pasa las noches buscando un ser humano cuya garganta pueda succionar la sangre que necesita. Debe volver a su ataúd al rayar el alba.

En muchas partes del mundo hay gente que cree en los vampiros; pero la creencia es más fuerte y está más extendida en Rusia, Polonia, Rumania, Bulgaria, Hungría y Grecia. En la Hungría del siglo XVIII, las protestas por la presencia de vampiros eran tan numerosas como las que se produjeron por la presencia de brujas en Nueva Inglaterra cien años antes.

En Norteamérica, o en las Islas Británicas, hay pocas narraciones que describan detalladamente los encuentros con vampiros. Una de ellas es un cuento corto recopilado por Vance Randolph en Crane, Missouri, en 1933. Habla de un muchacho que se metió en el patio de una bruja para recuperar la pelota con la que había estado jugando. La hija de la bruja le cortó la garganta y, ella y su madre, bebieron su sangre.

Randolph sugiere que este cuento está emparentado con la balada "Sir Hugh", que trata de un incidente similar.

La historia "La ventana" es probablemente una de las narraciones más detalladas de la tradición oral inglesa. Sin embargo, la descripción del método utilizado para destruir al vampiro parece incompleta. En la tradición de la Europa del Este, el vampiro tiene que ser decapitado antes de su cremación. Después hay que enterrar sus restos en una encrucijada. Hay también otro método tradicional para asegurarse de que el vampiro no volverá: clavarle una afilada estaca de madera en el corazón.

Se dice que sólo ciertas personas se transforman en vampiros: brujas, suicidas, y aquellas que han muerto por la mordedura de un vampiro. También pueden convertirse en muertos vivientes los cadáveres que se entierren con la boca abierta, o aquéllos sobre los que salte un gato mientras son enterrados.

La mejor forma de protegerse de un vampiro es llevar encima campanas, ajo, o algo de hierro.

Véase Leach, *Dictionary*, p. 1154; Randolph, *Church House*, pp. 164-5; *Ozark Folksongs*, vol. 1 pp. 148-51; Belden, pp. 69-73.

Historias de terror. Ésta pertenece a un grupo de leyendas tremendamente popular, acerca de atrocidades cometidas por psicópatas sueltos en las proximidades de los recintos universitarios.

El grupo de leyendas incluye historias sobre jóvenes atacados con un hacha o un cuchillo, cuyos gritos de socorro no fueron oídos por sus compañeros de habitación, demasiado aterrados como para abrir la puerta. La folclorista Linda Dégh sugiere que estas leyendas son cuentos modernos con moraleja que advierten a los jóvenes sobre los peligros que les amenazan al salir al mundo. Véase Barnes, 307-12; Dégh, "The Rommate's Death", IF2; SS, 96-97.

Poltergeist. La silla encantada de esta historia es un "Poltergeist", término que significa literalmente "fantasma ruidoso". Sin embargo, este tipo de fantasmas normalmente es invisible. Manifiesta su presencia con golpes, parloteos, diferentes ruidos y acciones sin explicación posible.

Se dice que estos fantasmas mueven muebles; sacan volando los platos de los aparadores y los estrellan contra el suelo; arrojan a la habitación pedazos de madera ardiendo sacados de la chimenea; incluso cortan, con tijeras invisibles, extraños dibujos (normalmente formas de media luna) en las prendas de vestir y la ropa de cama. Véase Gardner, pp. 96-97; Musick, *West Virginia*, p. 42; Lawson and Porter, 371-82.

En *Papeles póstumos del club Pickwick*, Dickens describe una silla parlante que ayuda a un viajante a prometerse con la mujer que ama. Véase Dickens, pp. 188-96.

Fuentes

A continuación, se dan las fuentes de cada narración, junto con variantes e información relacionada. Además, siempre que se disponga de ello, se incluyen los nombres de quienes las han recogido (R) y de los informantes (I). Las publicaciones citadas se listan en la Bibliografía.

INTRODUCCIÓN
Jú-Jás: De un poema de T. S. Eliot titulado "Fragmentos de un Agon". Véase Eliot, p. 84.

CUANDO LE MIRÓ, SE PUSO A GRITAR Y ECHÓ A CORRER

Algo me pasa. Versión de una historia sin título en Cerf, *Try and Stop Me*, pp. 275-76.

El accidente. Basado en una breve referencia en Parochetti, 55. Ésta es una de las muchas historias de autostopistas fantasmales en las que una joven solicita que se la lleve hasta su casa y luego resulta ser un fantasma. Véase Beardsley, Richard K., CFQ 1: 303-36; CFQ 2: 3-25; SS: p. 121. Véase la nota "Fantasmas vivientes".

Un domingo de mañana. Oí por primera vez esta historia siendo estudiante en la Universidad de Northwestern, Evanston, Ill, en la década de 1950. El texto se basa en mis propias recopilaciones, pero también se encuentran referencias en Krappe, *Balor*, pp. 114-25; y Krappe, JAF 60: 159-62, Véase la nota "Un domingo de mañana".

Ruidos. Basado en una leyenda de Mobile, Alabama, a finales del siglo XIX. La casa abandonada descrita en el texto fue construida por un rico inglés que vivió en ella con su hija, de la que se decía que era "retrasada", y varios criados. Nadie los visitaba y salían muy pocas veces. En un momento dado regresó de súbito a Inglaterra sin ella; la hija desapareció. La casa fue vendida una y otra vez, porque nadie podía vivir en ella. Véase Skinner, pp. 17-19. Véase la nota "Ruidos".

Una inquietante luz azul. Versión de un informe periodístico aparecido en Downey, Cal., *Champion*, 17 de diciembre de 1892, tomado de Galveston, Texas, *True Flag*, reimpreso en Splitter, p. 209.

Algo cayó de lo alto. Adaptado y abreviado de una historia en Wasson "¿Quién cayó de arriba?", pp. 106-28. Véase la nota "Alguien cayó de lo alto".

El perrito negro. Esta historia de un perro que busca venganza es una adaptación del cuento de las Montañas Ozark "El perrito negro de Si Burton" (I): Mrs. Marie Wilbur, Pineville, Mo., 1929. Véase Randolph, *Church House*, pp. 171-73.

Tintirintín. Versión negra, sureña y decimonónica de la bien conocida historia el "El brazo de oro", en la que un brazo de oro o cualquier otra parte del cuerpo es robada de un cadáver que vuelve de la tumba para reclamarla. Es una adaptación de Harris, "A Ghost Story", *Nights with Uncle Remus*, pp. 164-69. Véase la nota "Tintirintín".

ESCUPÍA Y MAULLABA COMO SI FUERA UN GATO

La novia. Versión de un cuento tradicional inglés y americano, basada en distintas variantes y en la letra de la balada de "The Mistletoe Bough", canción del compositor Thomas Haynes Bayly. Ésta es la última estrofa:

Un arcón de roble largo tiempo escondido
se encontró en el castillo, se encontró enmohecido.
La tapa levantaron y vieron con espanto
que una novia esqueleto allí yacía, sin que supieran cuánto
fatal destino la llevara a esconderse -jugando- de su novio
en el arcón, esperando sorprenderle entre risas; pero
cayó la tapa y el vestido de novia se convirtió en mortaja.

Había incluso una obra de teatro sobre la infortunada novia, "The Mistletoe Bough; or The Fatal Chest" de

Charles de A. Somerset. Véase Briggs y Tongue, pp 88; Disher, pp. 89-90.

Anillos en sus dedos. Versión a partir de diferentes variantes. Dorson, *Buying the Wind*, pp. 310-11; Baylor, "Folklore from Socorro, New Mexico", pp. 100-102. La conclusión en la cual el ladrón de tumbas muere se sugiere en el desenlace de "The Thievish Sexton", Briggs and Tongue, pp. 88-89. Véase la nota "Enterrado vivo".

El tambor. Este cuento pertenece a los que sirven de advertencia a los niños para que se comporten debidamente o se atengan a las consecuencias si no lo hacen; pueden encontrarse en la mayoría de las culturas. "El tambor" es una versión de una historia que se remonta a muchas generaciones de una misma familia inglesa, y que fue llevada a Norteamérica por un miembro de esa familia. En la versión de este libro el título original se ha abreviado y se han cambiado los nombres de los niños de "Ojos azules" y "Pavo" a "Dolores" y "Sandra". Véase el texto y la carta de J. Y. Bell y la carta de Lilian H. Hayward, en la que llama la atención sobre una versión literaria de una historia de este género aparecida en Inglaterra durante los últimos años del siglo XIX, Folklore 66 (1955): 302-4, 431.

La folclorista Katharine M. Briggs considera que la muchacha gitana del cuento es una especie de Satán, que ofrece el tambor a cambio de mala conducta, pero en realidad es mucho peor que éste, ya que la chica se retracta del pacto, algo que Satán jamás haría. Briggs, Part A, Vol. 2, pp. 554-55.

La ventana. Adaptado y abreviado de Hare, pp. 50-52. Véase la nota "Vampiros".

Una salchicha riquísima. Versión a partir de distintas variantes y una canción. Véase Randolph, "The Bloody Miller", *Turtle*, pp. 138-40, (I): Mrs. Elizabeth Maddocks, Joplin, Mo., 1937; Edwards, p. 8, una variante de Arkansas y Saxon, p. 258, una leyenda de Nueva Orleans en la cual un carnicero pica el cadáver de su esposa convirtiéndolo en salchichas y luego el fantasma de la muerta lo vuelve loco. La canción se titula "Donderback's Machine", o sencillamente "Donderback", con diferentes grafías y variaciones menores. Termina cuando la picadora de Donderback se estropea y éste se mete dentro para repararla:

Sin despertar del mal sueño, volvió la esposa estafada,
tiró de la palanca con empeño, y el carnicero fue carne picada.

Se canta con la melodia de "The son of a Gambolier", que se convirtió en la melodía de "I'm a Ramblin' Wreck from Georgia Tech". Véase Spaeth, p. 90; Randolph, *Ozar Folksongs*, vol. 3, pp. 488-89.

La pata de la gata. Versión de un difundido cuento de brujas. Véase Randolph, *Ozark Mountain Folks*, p. 37; Randolph, "The Cat's Foot", *Turtle*, pp. 174-75, (I): Lon Jordon, Farmington, Ark., 1941; Puckett, p. 149; Gardner, p. 174; Porter, p. 115.

La voz. Narración tradicional de sobresalto, a la que el compilador añade las dos últimas líneas. Véase SS, p. 7, p. 14; Opie, p. 36; Saxon, p. 277.

CUANDO ME DESPIERTE, TODO ESTARÁ BIEN

¡Oh, Susannah! Una leyenda bien conocida entre estudiantes universitarios, que se suele conocer como "El compañero de cuarto de la muerte". El texto de este libro es una re-elaboración que parte de un cierto número de variantes: NE-FA, (I): Linda Mansfield, (R): Mary Dudley, Orono, Maine, 1964; IUFA, (I): Shelly Herbst, (R): Diane Pavy, Blooming-ton, Indiana, 1960; así como de una entrevista realizada por el compilador a Lin Rogove, Lancaster, Pensilvania, 1982; IF 3 (1970): 67. Véase la nota "Historias de terror".

El hombre del medio. Esta leyenda se cuenta en gran-des ciudades como Nueva York, Londres, París y otras con metros. Aproximadamente a finales del siglo XIX se narra-ba la misma historia, pero con un coche de caballos que re-corría la Quinta Avenida en Nueva York durante una tor-menta de nieve. Véase "Folklore in the News": WF 8: 174; Clough, pp. 355-56.

Un gato en la bolsa de la compra. La primera vez que oí esta historia fue a finales de la década de 1970. en Den-ver y Helena, Montana. El texto se basa en diferentes ver-siones recogidas así como en Brunvand, pp. 108-9, que la recogió en el área de Salt Lake City en 1975.

La cama junto a la ventana. Versión de Cerf, *Try and Stop Me*, pp. 288-89.

La mano del muerto. Una historia que se cuenta en las facultades de medicina y en las escuelas de enfermería. Es una versión de distintas variantes de Parochetti, p. 53 y Baughman, "The Cadaver Arm", pp. 30-32. En otra va-riante se encuentra muerta la víctima con la mano del muerto aferrada a su garganta, Barnes, p. 307.

Un fantasma en el espejo. Basada en referencias de Knapp, p. 242; Langlois, pp. 196-204; Pérez, pp. 73-74, 76.

La maldición. Versión de una leyenda que suele titular-se "The Fatal Fraternity Initiaton". Se basa en diversas variantes: Baughman, "The Fatal Initiation", HFB 4: 49-55; NEFA, (I): Linette Bridges, (R): Patricia J. Curtis, Blue Hill, Maine, 1967; Dégh, *Indiana Folklore: A Reader*, pp. 159-60.

LA ÚLTIMA CARCAJADA

La iglesia. Versión de un texto de Randolph, *Sticks*, pp. 24-25, (I): Wayne Hogue, Memphis, Tennessee, 1952.

La mala noticia. (I): Constance Paras, 12, Winchester-Thurston School, Pittsburgh, 1983.

Sopa de cementerio. Esta historia de sobresalto se basa en un cuento en Puckett, pp. 124-25, (I): Marie Sneed, Burton, S. C., hacia 1925. Hay una versión inglesa similar en Gilchrist, pp. 378-79.

El traje marrón. Recogida por el compilador.

Ba-ruuum. (I): Margaret Z. Fisher. Manheim Township, Pa, 1982. Music, "The Irish Washerwoman", tonada tradicional de danza que se toca a tempo rápido. La notación musical ha sido transcrita por Barbara C. Schwartz, Princeton, N. J., 1984, a partir de una interpretación al dulcimer de Thomas Mann, Ortonville, Iowa, 1937, partiendo de una cinta grabada por Mrs. Sidney R. Cowell, incluida en el disco "Folk Music of the United States, Play and Dance Songs and Tunes", ed., B. A. Botkin, Library of Congress Music Division, AAFSL9.

Plum-pataplún. Adaptado de Gardner, pp. 96-97, (I): Maggie Zee, Middleburgh, N.Y., hacia 1914. Véase la nota "Poltergeists".

Bibliografía

LIBROS

Baker, Ronald L. Hoosier Folk Legends. Bloomington, Ind.: Indiana University Press, 1982.

Belden, Henry M., Ballads and Songs Collected by the Missouri Folklore Society, vol. 15. Columbia, Mo.: University of Missouri, 1940.

Bennett, John. The Doctor to the Dead: Grotesque Legends & Folk Tales of Old Charleston. New York: Rinehart & Co., 1943. Botkin, Benjamin A., ed. A Treasury of American Folklore. New York: Crown Publishers, 1944.

——, ed. A Treasury of New England Folklore. New York: Crown Publishers, Inc., 1965.

Briggs, Katharine M. A Dictionary of British Folktales. 4 vols. Bloomington, Ind.: Indiana University Press, 1967.

Briggs, Katharine M., and Ruth L. Tongue. Folktales of England. Chicago, Ill.: University of Chicago Press, 1965.

Brookes, Stella B. Joel Chandler Harris-Folklorist, Athens, Ga.: University of Georgia Press, 1950.

Brunvand, Jan H. The Vanishirlg Hitchhiker: American Urban Legends and Their Meanings. New York: W. W. Norton & Co., 1981.

Cerf, Bennett A. Famous Ghost Stories. New York: Random House, 1944.

——Try and Stop Me. New York: Simon and Schuster, 1944. Reprint Edition: Garden City, N.Y.: Garden City Books, 1954.

Clough, Ben C., ed. The American Imagination at Work: Tall Tales and Folk Tales. New York: Alfred A. Knopf, 1947.

Dégh, Linda. "The 'Belief Legend' in Modern Society: Form, Function and Relationship to Other Genres". In Wayland D. Hand, ed. American Folk Legend, A Symposium. Berkeley, Cal.: University of California Press, 1971.

——, ed. Indiana Folklore: A Reader. Bloomington, Ind.: University of Indiana Press, 1980.

Dickens, Charles. Pickwick Papers: The Posthumous Papers of the Pickwick Club. New York: The Heritage Press, 1938.

Disher, Maurice W. Victorian Song: From Dive to Drawing Room. London: Phoenix House, 1955.

Dorson, Richard M. American Folklore. Chicago, Ill.: University of Chicago Press, 1959.

——. "How Shall We Rewrite Charles M. Skinner Today?" En Wayland D. Hand, ed. American Folk Legend, A Symposium. Berkeley, Cal.: University of California Press, 1971.

——. Jonathan Draws the Long Bow. Cambridge, Mass.: Harvard University Press, 1946.

——, ed. Bloodstoppers and Bearwalkers. Cambridge, Mass.: Harvard University Press, 1952.

——, ed. Buying the Wind. Chicago: University of Chicago Press, 1964.

——, ed. Negro Tales from Calvin, Michigan. Bloomington, Ind.: Indiana University Press, 1958.

Eliot, T. S. The Complete Poems and Plays, 1909-1950. New York: Harcourt, Brace & World, 1952.

Gardner, Emelyn E. Folklore from the Schoharie Hills, New York. Ann Arbor, Mich.: University of Michigan Press, 1937.

Hare, Augustus, J. C. The Story of My Life. London: George Allen & Unwin, Ltd., 1950. An abridgement of Vols. 4, 5, and 6 of The Story of My Life, George Allen, 1900.

Harris, Joel Chandler. Nights with Uncle Remus: Myths and Legends of the Old Plantation. Boston: James R. Osgood & Co., 1882.

---. Richard Chase, ed. The Complete Tales of Uncle Remus. Boston: Houghton Mifflin Company, 1955.

Hole, Christina. Haunted England: A Survey of English Ghost Lore. London: B. T. Batsford, 1950.

Janvier, Thomas A. Legends of the City of Mexico. New York: Harper & Brothers, 1910.

Jones, Louis C. Things That Go Bump in the Night. New York: Hill and Wang, 1959.

Knapp, Mary and Herbert. One Potato, Two Potato: The Secret Education of American Children. New York: W. W. Norton & Co., 1976.

Krappe, Alexander H. Balor with the Evil Eye: Studies in Celtic and French Literature. New York: Institut des Études Francaises, Columbia University, 1927.

Langlois, Janet. "Mary Whales, I Believe in You" in Linda Dégh, ed., Indiana Folklore: A Reader.

Leach, Maria. Rainbow Book of American Folk Tales and Legends. Cleveland and New York: World Publishing Co., 1959.

------. The Thing at the Foot of the Bed and Other Scary Stories. Cleveland and New York: World Publishing Co., 1959.

------. Whistle in the Graveyard. New York: The Viking Press, 1974.

------, ed. Standard Dictionary of Folklore, Mythology and Legend. New York: Funk & Wagnalls Publishing Co., 1972.

Musick, Ruth Ann. Riddles, Folk Songs and Folk Tales from West Virginia. Morgantown, W. Va.: West Virginia University Library, 1960.

Opie, Iona and Peter. The Lore and Language of Schoolchildren. London: Oxford University Press, 1959.

Puckett, Newbell N. Folk Beliefs of the Southern Negro. Chapel Hill, N. C.: University of North Carolina Press, 1926.

Randolph, Vance. >From an Ozark Holler: Stories of Ozark Mountain Folk. New York: The Vanguard Press, 1933.

———. Ozark Mountain Folks. New York: The Vanguard Press, 1932.

———. Ozark Superstitions. New York: Columbia University Press, 1947. Reprint edition: Ozark Magic and Folklore. New York: Dover Publications, 1964.

———. "Witches, and Witch-Masters". En Benjamin A. Botkin, ed. Folk-Say: A Regional Miscellany. Norman, Okla.: University of Oklahoma Press, 1931.

———ed. Ozark Folksongs, vols. 1, 3. Columbia, Mo.: State Society of Missouri, 1949.

———ed. Sticks in the Knapsack and Other Ozark Folk Tales. New York: Columbia University Press, 1958.

———ed. The Talking Turtle and Other Ozark Folk Tales. New York: Columbia University Press, 1957.

———ed. Who Blowed Up the Church House? And Other Ozark Folk Tales. New York: Columbia University Press, 1952. Saxon, Lyle et al. Louisiana Writers Project. Gumbo Ya-Ya. Boston: Houghton Mifflin Company, 1945.

Schwartz, Alvin. Scary Stories to Tell in the Dark. New York: J. B. Lippincott, 1981.

Skinner, Charles M. American Myths and Legends. Vol. 2, Philadelphia: J. B. Lippincott Co., 1903.

Spaeth, Sigmund. Read 'em and Weep, the Songs You Forgot to Remember. Garden City, N.Y.: Doubleday, Page & Company, 1927.

Wasson, George S. Captain Simeon's Store. Boston: Houghton Mifflin Company, 1903.

Wilson, Charles M. "Folk Beliefs in the Ozark Hills". In Benjamin A. Botkin, ed. Folk-Say: A Regional Miscellany. Norman, Okla.: University of Oklahoma Press, 1930.

ARTÍCULOS

Bacon, A. M., and Parsons, E. C. "Folk-Lore from Elizabeth City County, Va": JAF 35 (1922): 250-327.

Barnes, Daniel R. "Some Functional Horror Stories on the Kansas University Campus". SFQ 30 (1966): 305-12.

Baughman, Ernest. "The Cadaver Arm". HFB 4 (1945): 3032.

——. "The Fatal Initiation". HFB 4 (1945): 49-55.

Bavlor, Dorothy J. "Buried Alive Stories, Folklore from Socorro, New Mexico, Part II". HF 6 (1947): 100-102. Beardsley, Richard K., and Hankey, Rosalie. "The History of the Vanishing Hitchhiker". CFQ 2 (1943): 3-25.

——. "The Vanishing Hitchhiker": CFQ 1 (1942): 303-36. Bell, J. Y. "The Pear Drum". Folklore 66 (1955): 302-4. Boggs, Ralph Steele. "North Carolina White Folktales and Riddles". JAF 47 (1934): 3-25.

Dégh, Linda. "The Hook, the Boyfriend's Death, and the Killer in the Back Seat". IF 1 (1968): 98-106.

——. "The Roomate's Death and Related Dormitory Stories in Formation". IF 2 (1969): 55-74.

Dorson, Richard M. "The Folklore of Colleges". The American Mercury 68 (1949): 671-77.

——. "Polish Tales from Joe Woods". WF 8 (1949): 131-45.

Edwards, J. C. "Dunderbeck". AF 2 (1952): 8.

Fauset, Arthur Huff. "Tales and Riddles Collected in Philadelphia". JAF 41 (1928): 529-57.

"Folk Tales, Folklore in the News". WF 8 (1949): 174-75. Gilchrist, A. G. "The Bone". Folklore 50 (1939): 378-79. Grider, Sylvia. "Dormitory Legend-Telling in Process". IF 6 (1973): 1-32.

Hawes, Bess Lomax. "La Llorona in Juvenile Hall". WF 27: 153-70.

Hayward, Lilian H. Correspondence". Folklore 66 (1955): 431.

Krappe, Alexander H. "The Spectres' Mass". JAF 60 (1947): 159-62.

Lawson, O. G., and Porter, Kenneth W. "Texas Poltergeist, 1881". JAF 64 (1951): 371-82.

Leddy, Betty. "La Llorona in Southern Arizona". WF 7 (1948): 272-77.

Parochetti, JoAnn S. "Scary Stories from Purdue". KFQ 10 (1965): 49-57.

Pérez, Soledad. "Mexican Folklore from Austin, Texas". PTFS 24 (1951): 71-136.

Porter, F. Hampden. "Notes on the Folk-Lore of the Mountain Whites of the Alleghenies". JAF 7 (1894): 105-17. Splitter, Henry W. "New Tales of American Phantom Ships". WF 9 (1950): 201-16.